KB108519

엄마와 양귀비

엄마와 양귀비

발행일	2016년 9월 7일

지은이	윤 혜 령		
펴낸이	손 형 국		
펴낸곳	(주)북랩		
편집인	선일영	편집	이종무, 권유선, 김송이, 안은찬
디자인	이현수, 이정아, 김민하, 한수희	제작	박기성, 황동현, 구성우
마케팅	김회란, 박진관, 오선아		
출판등록	2004. 12. 1(제2012-000051호)		
주소	서울시 금천구 가산디지털 1로 168, 우림라이온스밸리 B동 B113, 114호		
홈페이지	www.book.co.kr		
전화번호	(02)2026-5777	팩스	(02)2026-5747

ISBN   979-11-5987-209-9 03810 (종이책)   979-11-5987-210-5 05810 (전자책)

잘못된 책은 구입한 곳에서 교환해드립니다.
이 책은 저작권법에 따라 보호받는 저작물이므로 무단 전재와 복제를 금합니다.

이 도서의 국립중앙도서관 출판예정도서목록(CIP)은 서지정보유통지원시스템 홈페이지
(http://seoji.nl.go.kr)와 국가자료공동목록시스템(http://www.nl.go.kr/kolisnet)에서
이용하실 수 있습니다.
(CIP제어번호: CIP2016021336)

성공한 사람들은 예외없이 기개가 남다르다고 합니다.
어려움에도 꺾이지 않았던 당신의 의기를 책에 담아보지 않으시렵니까?
책으로 펴내고 싶은 원고를 메일(book@book.co.kr)로 보내주세요.
성공출판의 파트너 북랩이 함께하겠습니다.

엄마와 양귀비

Epic Star

- 고단한 일상에서 건져 올린 희망의 시 43편 -

윤혜령(Lisa Yoon LES) 지음

북랩 book Lab

많은 분들의 도움으로 첫 시집을 출판하게 되었습니다. '엄마와 양귀비' 시집 출판의 여정을 기꺼이 함께 해주신 모든 분들께 진심으로 감사를 드립니다.

    윤혜령 시인을 처음 만난 것은 대학원 강의 시간이었습니다. 현직에서 학생지도를 하면서 새로운 영어교육 방법에 목말라하던 모습을 아직도 생생히 기억합니다. 통역 번역을 포함한 외국어 교육의 기본은 결국 탄탄한 모국어에서 출발해야 한다는 명제에 깊이 공감하던 시간이었습니다. 윤 시인은 이렇게 모국어에 대한 남다른 관심을 바탕으로 시 창작 강의를 수강하고 드디어 등단을 하여 이렇게 첫 결실을 세상에 내놓게 되었습니다. 마음 깊은 곳에서 축하를 보냅니다. 이 첫 시집 '엄마와 양귀비'가 앞으로 모국어에 대한 끝없는 사랑의 시작이 되어 더 많은 작품들이 잉태되기를 기대합니다.

한양대학교 국제문화대학
(전) ERICA 학술정보관 관장

이태형 교수

예술품은 손끝의 현란함에서 나오는 것이 아니라고 생각한다. 예술품의 진정한 가치는 따뜻한 마음으로 세상을 바라보는 시선이다. 다른 사람과는 다른 시선으로 바라봄으로서 예술의 진정한 의미가 살아난다고 생각한다. 공부도 마찬가지였다. 해야만 하는 숙제가 아닌 다른 시선으로 바라볼 수 있도록 도와주신 분이 리사이다. 처음엔 이해가 안 되었다. 누구나 싫어하는 공부를 즐기고 행복해하는 사람이. 하지만 그런 모습에 동화되어 나 역시 조금씩이나마 그 일원으로 발을 들이밀게 되었다. 리사의 시선으로 쓴 이 시들은 어쩌면 많은 이들에게 예술의 진정한 의미를 부여할 것이고 그동안 느끼지 못했던 감정들을 불러일으킬 것이다.

I think that the artistic value is not decided by someone's magical hand but a different point of view on how to see life and the world. In other words, we need to know how to observe the world differently as well as to collaborate with people around. When it comes to study, I used to hate studying and doing homework was a big burden. Then I met Lisa who taught us how to keep a positive attitude about academic achievement and healthy relationships with friends and family. More importantly, She let us realize how to get motivated to study harder through facilitative collaboration with friends on a daily basis. At first, I didn't understand someone could enjoy studying. However, surprisingly, learning from her more and more made a miracle. A boy who hated studying became the one who enjoys studying and exploring every day. Now I can assure that Lisa's poems can inspire us to see things from a different perspective because she has something beyond.

가을이 오는 길목에서

King LES, 안성 안법고 1학년

기영주

버섯

숲 속 길가에서
모자 푹 눌러 얼굴 가리고
무얼 그리 생각하느냐

지나는 길손들
너의 고심함에
걷는 발길 더디구나
조심조심 걸었지만
발길에 부딪는 순간
나는 네 삶을
송두리째 부서버리고 말았다

걸어 온 길 험난했지만
가야 할 길 남겨두고
부서진 네 모습에
걷는 발길 느려진다.

시인, 영광 능률영어 학원장

천미라

Goldfish

The goldfish in my bowl
turns into a carp each night.
Swimming in circles in the day,
regal, admired by emperors,
but each night, while I sleep,
it turns into silver, a dagger
cold and sharp, couched at one spot,
enough to frighten cats.

The rest of the furniture
squats in the cold and dark,
complains of being a lone man's
furnishings, and plots a revolt.
I can hear myself snore, but not
their infidelity. Sometimes I wake
with a start, silently they move back
into their places.

I have been unpopular with myself,
pacing in my small, square room,
but my uncle said, "Even in a palace,
you can but sleep in one room."
With this I became humble as a simple
preacher, saying, "I have no powers;

they emanate from God."
With this I sleep soundly,

Fish or no fish, dagger or no dagger.
When I wake, my fish is gold,
it pleases me with a trail of bubbles.
My furniture has been loyal all night,
waiting to provide me comfort.
There was no conspiracy against a poor man.
With this I consider myself a king.

"Congratulations Lisa Yoon LES for producing such a fine
book of poems; it portends great works to come!"

미국 시인, 편집인
Koon Woon[1]

---

1 Koon Woon has been Lisa's mentor poet who has won a Pen Oak, Josephine
Miles Award, and an American Book Award for his poetry collections: The Truth in
Rented Rooms, and Water Chasing Water.

CONTENTS

1

판도라가 열리는 그 시時

파란 하늘처럼 그렇게. 어둠 속 찬란한 등대처럼, 판도라 상자 속에 숨 쉬는 희망
처럼 그렇게 희망하라. 카메라, 힙합, 판도라, 빛과 어둠, 화분, 시, 그리고 그
무엇이 당신의 심장을 쿵쾅거리게 할까. 꿈과 희망, 그 어딘가에 서정으로 살아
숨 쉬게 하라.

판도라가 열리던 그 시時

시詩에 대한 열망을
한사랑 껴안고 있어 본들
내게 온 너는 어제 버려진
꾸깃꾸깃한 종이 한 장

한나절이나 내 주변에
머물던 넌
바람처럼 작별을 고하고
낯선 서랍장 속에서
날밤을 세우느라 까마득하다

상자 속에 구겨진 채
비상의 탄생을 꿈꾸며 인내하곤
판도라가 열리던 그날
온갖 재앙과 함께
어두운 외출을 감행한 너

엄마와 양귀비

이제 다시 오는 것이냐

마지막 남은 숨결

내 남은 희망에게로

잃어버린 시어詩語

가득 안고서

소녀의 등대

바다는 게걸스레 해를 집어 삼키고
검은 어둠은 쏜살같이 소녀를 덮친다.
칠흑처럼 어두운 가파른 언덕길

바닷가 소녀는
굶주림에 지쳐 사나워진
산짐승을 만날까
숨죽인 걸음걸이에도
두려움은 비켜갈 줄 모른다.

술 취해 비틀거리던 사내가
지나간 자리는 차가운 공포로
가득하다. 또 다시 숨이 멎는다.
이제 코앞인 언덕배기에
보이는 집이 10리 길보다 멀다.

엄마와 양귀비

바로 그 순간
어둠 속에서 두려움에 떨던 소녀에게
한줄기 빛이 눈부시게 쏟아진다.

금방이라도 사라질 듯하던
이 신비스런 마법의 빛은
소녀가 올라가는 가파른 언덕길을 비추고
집에 도착한 후에도
언덕 너머 어스름 불빛은 주변을 서성이며
소녀의 무사함을 확인하는 듯하다.

먼 훗날
소녀는 그것이
등대라는 것을 알았다.
그리고 등대 안에는
어떤 이가 서성이며
밤새워 누군가의 어둠을 지켜낸다는 것을.

빛과 어둠 코드

콜록 콜록
기침을 멈추지 않는
여든 노인에게도,
쌩-쌩-쌩
달리는 자전거 타는
열여섯 소년에게도

삶과 죽음의 코드는
정해진 순서가 없다.
누군가의 왼손에는 삶,
또 다른 누군가는 오른손에
각기 다른 삶과 죽음
코드를 가지고 있을 뿐.

전염병처럼 퍼지는
예고편 없는 코드
달려드는 자동차에,
흔적 없는 이념에

엄마와 양귀비

잠자던 어두운 코드가
주문처럼 깨어난다.

그의 일상이 잠든 여섯 달
녹슨 마법 주문이
주변을 감싸고
남겨진 우리는 보듬고 있던
한 때 희망이었을 어둠 코드를
더욱 힘차게 껴안는다.

아.
시들어가던 화초에서
영롱하게 반짝이는
햇살 닮은 꽃이 피었다.
그것은 왼손에 쥔
빛의 코드 희망 상자였을까.

세발로 걷는 친구

(하나 되다 - 삼각대와 카메라)

넌 두발로 걷는 사람들 틈에
세발인 것이 부끄러운지
구석진 곳, 후미진 곳으로
갸우뚱거리며 힘겹게 걸어가지.

때로는 가장 빛나는 오늘을
때론, 가슴 먹먹한 순간을
뭉클한 빛으로 담아
우리에게 답례하곤
수줍은 듯 부끄러운 미소만.

내게 준 오늘 선물은
늘 과거의 기억 한 자락
순간의 찰나로 살아내는
길고 긴 추억의 판도라.

조리개를 열어 수채화 연인을,
서터를 높여 하늘 향한 임을 품으려
뒤뚱 뒤뚱 추억이 될 빛 담으려
오늘도 방랑하며 떠도는
세발로 선 넌 빛의 보나르.

내그리움

매일아침
눈을뜨면
매미소리
만져지니

동녘하늘
여름태양
꿈서너말
뿜어대고

우거지는
푸른녹음
네곁에서
편지를써

가을에게
겨울에게
봄에게도
그리고또

내임에게

우체국 창문

동녘 하늘 창문
아침 햇살 가득
희망 편지들의
칼미아 우체국

서쪽 무지개 창문
시장 가신 엄마가 오실까
기다림에 지쳐 목이 긴
기린 우체국

남쪽 흰 구름 창문
느릿한 오후를 마시는
커피 향기 다정한
우리네 우체국

엄마와 양귀비

북쪽 찬바람 창문
기밀이 넘실대는
비밀스런 장부
요람 우체국

하늘 향한 내 창문
어제는 낙관주의
비보가 날아든 오늘은
슬픈 비관주의 공존 우체국

수선화 징검다리

정인의
아름다움을
찾지 못한
처연한 오필리아의
순백의 영혼인양

나뭇가지 위에
살포시 내려앉은
늦겨울 차디찬 흔적들
봄빛을 재촉하며
거기 그곳에 귀 기울이네

바쁘게 지나치는
나그네의 발걸음
어제 살았던
오늘 이 시간의
태엽을 넘어

엄마와 양귀비

봄빛 담은

수선화 징검다리에

걸터앉아

시리도록 따뜻한

때늦은 저녁 만찬 해후

봄아, 너 거기 오는 것이냐

겨우내 움츠려 앙상하던
집 앞 담쟁이 친구 녀석
목련이가 모처럼 생기로
가득한 102호 앞집 새색시마냥
봄 봉오리를 피워내기 시작한다.

지난 겨울,
대학에 떨어졌다며
재수를 할까,
아르바이트를 할까
절망하며 고민하던
103호 옆집 재하네도
목련이의 봄소식은 반가운지
오랜만에 금의환향하는
아들을 맞은 양
환한 웃음을 지어 보인다.

엄마와 양귀비

봄아, 너 거기 오는 것이냐
우리네 슬픔과 절망은
아랑곳하지 않고
너는 거기 딱 그 만큼
지난해에도 그랬고
지지난해에도 그랬었지.

넌 우리의 슬픔 따윈,
절망 따윈 개의치 않는다는 듯이
생기 가득한 싱그러운
꽃봉오리와 함께
살포시 우리 곁에 왔었지.

봄아, 너 거기 오는 것이냐
때론 그렇게 모른 척하며
도도하게, 늘 그러하듯이,
있던 그곳에 자리하는 것이
가장 좋은 이웃이고 친구인 것 마냥
지난봄처럼 또 다시
거기 오는 것이냐

누군가에겐 잊혀져버린 계절,
봄을 찾아주려,
텅 빈 자리를 채워주려,
친구 없는 이에게 오랜 친구처럼,
없는 듯 있는 듯
그런 벗으로 오는 것이냐

엄마와 양귀비

어눌한 해후

내가 그대를
맞이하는 아침은
1.4에 정지된 드넓은
노트르담 광장

그대가
내게 준 답례는
찰나에 빛나는
125분의 1초의 염념
또 다시
그대 향한 그리움에
흔들리는 내 심장이
향한 곳은 1600

위험한 감도로
노트르담 종탑 위에서
담아하게 부서지는
아침노을과의 어눌한 해후

무적 태풍
(나는 자랑스러운 대한민국 군인입니다)

매서운 12월의 태풍이

흐르던 뜨거운 커피

차갑게 목줄을 타고 내려

얼어붙은 눈발 서린 연병장

새내기 신병으로 선 네 모습에

가슴이 시려오고

아직도 더듬거리는 신병인데

"태풍!"을 외치던 너의 어깨에

대한민국은 온몸으로 기대는구나.

초코파이를 게걸스럽게 먹고는

왜 자꾸 아픈 기침을 하는지,

작은 눈은 왜 그리 크고 초롱초롱하던지

군화 뒤꿈치
뚝뚝 떨어지던 슬픔에
내내 가슴은 무겁게 내려앉는다.

네 젊음의 뜨거운 피
무적 태풍의 이름으로
이병에서 일병, 상병에서 병장으로

천근같던 뒤꿈치에 흐르던 눈물
용기와 신념으로 무장하고
자랑스럽게 다시 태어났구나.

대한의 아들로
영원한 무적
태풍의 용사로

"태풍!"

2

내게 들려주는 너의 시

붉은 피, 붉게 타오르는 치열한 삶 한 가운데서 넌 낯선 이방인으로 하루를 살아 내는구나. 하루가 멈추지 않도록, 너의 삶은 젖은 양말처럼 눅눅하고 공평을 가장하며 때론 힘겹다. 그리고 그 치열한 삶 한 가운데 덩그마니 너 그리고 내가 있다.

멈추어 버린 하루

(세월호 2주기 추모시)

학생은 학교로

어른은 일터로

하늘은 어제처럼 설레고

엄마는 설거지

아빠는 분리수거

아들 석이는 콩나물 심부름

오늘도 변함없는

어제 같은 하루

내 멈추어 버린 하루는

두해 전 바닷속 그날

엄마와 양귀비

고장 난 희망 단자

매일 아침 눈을 뜨면
희망 단자에 플러그를 꽂아

내가 원하는 건 희망
희망은 방전

창가에 던지고픈 한숨
한숨은 충전 100%

내 옆을 지나치던
라일락 향 그녀
어느새 내 한숨 모두 스캔

내가 주고 싶은 건 라일락 향수
내가 줄 수 있는 건 희미한 미래

기타 치는 그대에게[2]
(고 김준열[3] 군 추모시)

'이집트의 왕자' 라는

영화를 보고 감동받아 만들었다며

수줍은 미소로 자작곡을 설명하곤

못내 부끄러운 듯 고개를 떨어뜨린 채

설익은 듯 낯선 연주를 시작하는

하늘 향기 가득한 그대 기타 선율

연주가 진행되면

조금 전의 수줍던 그대 모습은

흔적도 없이 사라지고

상상의 날개 짓으로 부활하여

망망대해를 호령하는

그대 자유로운 기타 눈빛 목소리

---

2 2016년 4월, 어처구니없는 화재 사건으로 안타깝게 우리 곁을 떠난 고 김준열 군
추모시
3 '아나로그 루프 머신'의 전 기타리스트

엄마와 양귀비

이 세상 어디

얼굴 한번 본 적 없을 인연인데

사이렌[4]의 유혹 같은 불장난의 씨앗

그대의 망망대해를 검게 태우고

상상력은 벽돌 빛 폐허로 만든 채

스물여섯 기타 선율 차갑게 멈추었구나.

이제 하늘 그 곳 어딘가

아프락사스의 비상하는 자유와

거침없는 상상력으로 승화된

그대와 나를 잇는 징검다리

하늘과 땅을 웃게 만들

새로운 시 – 그대 천상의 기타 연주

---

4 사이렌의 상징성 - ① 119 사이렌 ② 유혹을 상징하는 그리스 신화 속 요정(마녀)
③ 준열 군의 나르시즘적 기타 사랑

행복 가격표

백화점 들러
쇼핑백 가득
축축한 욕망 담아
250** 가방
60** 재킷
15** 티셔츠

집 앞 시장
바구니 가득
나지막한 아우성 소리
콩나물 30% 세일 1,150원
두부 880원
시든 배추 거저

젖은 가격표에 삐걱대는
가방, 재킷, 티셔츠
아우성에 담긴 뽀송한 잔소리
콩나물, 두부, 시든 배추

엄마와 양귀비

채워지지 않을 욕망 찾아

₩$ 지불하려 바쁜 일상 잰걸음

가격표 희미해져 빛이 바랜

행복 가격표 찾을 수나 있을까

커피 물고기

내 머리 속에는
물고기가 살아 숨 쉰다
한 마리는 모카
또 한 마리는 마끼아또
다른 한 마리는 라떼

한밤 잠들지 못하고
팔딱팔딱
새벽녘까지 두뇌 싸움
마끼아또 승
물고기의 과학적 근거는
아직도 유효

그렇게 내 새벽은
심장소리 쿵쾅거리며
세 마리 물고기와 함께
하얗게 밝았다.

잔인한 눈뜬 아침이 온다.

이방인의 사람들

길을 걷는다.
걷는 것은 그에게
신과의 계약으로
일구어낸 유보된 여정

누군가 훔쳐간 지갑
절규하는 아낙의 피눈물을 향한
기침소리 뒤섞인 분노
찰칵 찰칵

이길 수 없는 패싸움
양손엔 금방이라도
무기가 될
진화과정을 마친
연필과 책가방
찰칵 찰칵

　　　　　　　　　　　엄마와 양귀비

접촉사고,
숨 가쁘게 달려온 출근길
구두창은 누렇게 닳고
적금 깬 경차는
초보 가해자 딱지
세상은 이렇듯 공평하다
찰칵 찰칵

그의 셔터 속엔
일간지의 사회면을 장식할
오늘 일어난 세상살이들
정의로운 세상과 타협한
공정한 자아, 공평한 사회

유보된 급여 껴안고
오늘도 걷는 이방인
분노와 슬픔 가득 안고서
공평한 세상 속으로
찍는 자 찍히는 자
모두가 이방인인 낯선 세상
찰칵 찰칵 찰칵

스마토피아

비좁은 사각의 공간
허울뿐인 가족은
각자의 네모 속에서
스마트폰 문자로
필요한 메시지만 전달
스마트하지 않은 하루는
슬프고 황폐한 전투
스마토피아—편리, 자유, 저당

재잘 재잘
아이들을 담은 교실
동영상 학습을 해온 학생들
선생님은 스마트 패드로
거꾸로 교실
스마트폰 없는 학교는
무의미한 울림
스마토피아—효능감, 창의력, 박제

엄마와 양귀비

전문 지식 공유의 장,

실시간 학술대회

강연자는 자신이 보낸 링크를

클릭해 달라며 청중에게

스마트 전송

클릭 한 번으로 수백 명이 상호작용

스마토피아―

전 세계가 내 손 안에, 통제

종이책은 굳이 소각하지 않아도

읽는 이 사라지며 스스로 소각 중

세계와 소통하는 가장무도회

SNS는 매 순간 날카롭게

번뜩이며 기계적 번식 중

스마트 시스템은 개인 정보 탐욕자

빅데이터를 게걸스럽게 삼키고

뱀처럼 날카로운 눈빛으로

삶 여기저기를 염탐한다.

스마토피아-탐욕과 염탐을 담보한 이상향

따뜻한 봄볕이 비추이는

스마토피아 온실 속 우리

담보물로 얻은 완벽한 자유는

완벽한 감시 체제를 선사하고

번뜩이는 통제 시스템은

빨갛게 우리를 쏘아본다.

스마토피아-

스스로 자신을 가두는 사각의 감시 기계, 감옥 이데아

3

부모님 연작시

양귀비, 언제부터 넌 나의 그리움이었을까. 이 지속적인 엄마의 고통과 통증은
언제쯤이면 괜찮아질까. 새벽녘쯤 고통을 뒤로 하고 잠든 엄마의 모습에서 양귀
비의 처연한 고고함과 마주하다.

인연

(부모님)

파도처럼 넘치는

두 어머니의 새벽 정안수

그에게 넘쳐흘러

폭풍우가 되고

어느 두메산골

툇마루 절간

반야의 수행길이

개벽처럼 열린다.

칠흑의 어두운

고요와 고뇌의 돌계단

저 멀리 반딧불처럼

반짝이는 백호의 눈빛

그의 길 위에 출렁이고

엄마와 양귀비

어머니의 손에 이끌려

처음처럼 수줍은 아낙

아녹다라 그의 눈빛과

인연으로 설레라.

엄마와 양귀비

칼날 같던 통증
온몸을 찌르고
고고하던 붉은 빛 자태
한 모금 휘감아
꽃잎으로 떨구었구나.

고통은 오롯이
존재의 새벽녘 하루
장독대 뒤 켠
고고한 한 송이
따스한 새벽으로 마주하고

외로이 흐르던
정맥을 찢기는 통증
그 날의 아픔 담아
처연한 붉은 사랑
양귀비로 피어난 것이냐

52

보청기 살충제

"시끄러우니
소리는 그만 지르려무나."

몇 년을 말없이
옆집 아낙과
묵묵히
밭으로만 가시더니
어느 날엔가
고구마를 넝쿨 째
들고 오셨다.

뜨거운 태양을
한 움큼 씻어내고
아직 여운이 남은
태양 빛 닮은
붉은 빛깔
보청기를 꺼내신다.

황금인들 저리 소중할까
이리저리 어루만져 충전을 하시고
내일 또 고구마 밭으로 가신단다.
"동네 아낙들과 수다도 떨고
재미있단다."

집으로 돌아오는 길
갑자기 전화벨이 울린다.
"너, 살충제 가지고 가니?
내가 지금 필요하단다."

'보청기라는 단어를
모르셨던 어머니에게
가장 친숙한 단어는
살충제였구나.'

뜨거운 태양,

거센 폭풍우와 맞서

들녘을 지켜낸 삶

보청기가 살충제인 것은

지는 태양이 바닷속으로

숨는 것만큼이나

그러하다지만 숨겨둔

아린 가슴 눈물 머금었구나

까까머리 여승

내 어릴 적
아버지를 찾아온 손님은
까까머리 여승들 뿐
그네들의 방문은
아버지의 툇마루 절간
반짝이던 백호의 눈빛
추억을 되살려내는 듯하다

그네들이 다녀간 후
아버지는 며칠 동안이나
어린 아이인양 바람처럼 흥겹다.
그네들이 어디서 왔는지,
또 어디로 가는지 난 모른다.
아버지가 딱지치기에서 이긴 아이처럼
마냥 즐거운 것이 신기할 뿐

내 열두 해 어느 날

논두렁을 살피던 아버지는

말 한마디 남기지 않고

그가 자랐던 별로 돌아간 듯하다

온화한 미소를 지닌 여승들의 방문은

해가 갈수록 점점 뜸하다.

어느 날부터인지

황량한 마당엔 나비 한 마리 날지 않는다.

내 아버지에 대한 추억도

한 자락 남은 기억도 점점 희미해져간다

이제 아버지는 그의 별에서

한 때 그의 어머니였을 여승들과

재회하며 그 때 나누지 못한

옛이야기 풀어 담소를 나누고 있을까

내 추억이 희미해진 만큼의

따뜻하고 오붓한 화롯가 이야기를

마지막 열차

마지막 꽃잎이
지는 순간
당고개행 열차가
출발을 알린다.

마지막 꽃잎을
태우기 위해
열차는 내내
달리고 또 달렸다.

꽃잎은
오늘이 자신의
마지막 날인 것을
알고 있을까

열차는 꽃잎과

재회를 꿈꾸며

평생을 달렸지만

기뻐할 수조차 없다.

꽃잎이 탄생했던

그날의 첫 만남

그리고 시들어버린 오늘

이별에 젖은 해후

마지막 열차가 플랫폼에 닿는다.

4

부석사 연작시

회색빛 감도는 차분하고 단아한 부석사. 누군가의 염원이 숨 쉬는 곳. 그 곳에 잠시 들러 의상과 선묘의 연서를 들여다보며 내 돌꽃 염원, 선묘 미르와 담소하게 하련다.

의상대사 독백

내일이면 고향으로
돌아간다는 말에
언뜻 보이던
그대 눈가의 이슬은
눈물이 아닐 것이외다.

말갛게 다문 입술
하염없는 눈빛으로
내 가는 길
두 손 모아 비는 그대

길고 고운 손길에
살짝 살짝 비추던
그대의 연정 나는 보지 못하오.

꺼질 듯 꺼지지 않는 촛불은
나를 향한 그대 염원
그대의 영혼이 깃든 까닭이지요.

엄마와 양귀비

내 다음 생엔 그대의 지아비

천년 연정 라온제나로 피어

그대 곁을 지키리라.

선묘낭자 독백

다시 오지 못하는 길
그대 정녕 가시렵니까.
내 눈물 못 본체하며
그리 차가운 뒷모습으로
깨달음을 향한 고행의 들찬길
기어이 떠나시나이까.

푸른달 아래 꽉 다문 입술
아뇩다라 설파하는 반야의 눈길
별솔처럼 피어나
피안의 세계 어디쯤인지
그대의 눈길 머무는 곳
꼬리별 되어 도닐겠나이다.

엄마와 양귀비

그대 손에 쥐어진 목탁으로

그대와 닿을 수 있다면

내 다음 생엔 고운 소리 목탁으로

예님의 그림자처럼

그대 곁에 드리우렵니다.

돌꽃 염원

신라 문무대왕의 고즈넉한 저녁 바람
고려 공민왕의 옷자락을 스치고
바람으로 휘갈긴 무량수전 현판
나무로 만들어진 나비의 슬픔이더냐.
활화산처럼 타올라 부처의 광배로
조선에서 다시 태어났구나.

흔들리는 부석 바위 아래
촘촘하게 쌓아올린 돌을 닮은 염원들
하나, 둘, 셋, 넷, 밤을 새워
세어보려 한들 끝이 보이지 않는
별을 기원하는 중생들의 염원이
바위가 되어 돌꽃으로 피어났구나.

엄마와 양귀비

천년을 하루 같이 선묘 미르로 지켜낸

차디찬 바람으로 애처로이 떠도는 그대 현판

오늘 새로이 시작된 어느 임의 돌꽃 염원

부처의 자비와 의상의 법성게로

지혜의 보륜 수레바퀴 안에서

그대 염원 이루어 드리리.

SNS 스님

21세기 항해
기술의 닻을 올리고
정보와 공유를 향하여

트위터에도
페이스북에도
카카오 스토리에도

진실과 거짓
어지럽게 뒤섞인
욕망과 야망 줄타기

지금 탐나는
SNS 스님 타임라인
평화의 닻 올리기

엄마와 양귀비

"끝없는 경쟁터에서

시들어가는 너의 영혼

치유하고 자유롭게 하라."

부석사

부석사 가온길
눈부신 5월의 태양 아래
사과나무 꽃 한아름 흐드러진다.

반야심경 독경소리는
5월에 피어나는 기쁨해 라라
의상 아뇩다라와 선묘 목탁의
새솔처럼 푸르른 봄볕의 선물

천년의 세월을 거슬러
반야의 사내 아뇩다라
미르 여인의 목탁이
예그리나 두빛나래로
굽이굽이 부석사를 출렁이누나.

엄마와 양귀비

5

모국어 연작시

모국어 연정. 오랜 방랑을 마치고 내 숲으로 침잠하다. 숲의 향기로 그에게 편지
를 쓰며 맨발로 걸어가 보자. 저기 종달새 지저귀는 내 모국어 숲으로.

라 트라비아타

낯선 여행에서 돌아와 마주한
구겨진 방 한 켠 켜켜이 쌓인
먼지 앉은 책 한권
라 트라비아타

유년 시절을 송두리째 빼앗아 간
기이한 비어고글 제목
조그만 꼬맹이 아이에게
이국의 언어를 쥐어 주고
먼지 속에서도 생생한 언어를
잉태하는 라 트라비아타

엄마와 양귀비

여전히 누런 종이 백년 향기

라 트라비아타~ 넌 또 다시

이국 이야기를 들려주려 소곤소곤

수십 년을 돌고 돌아

연어처럼 회귀한 길목

색 바랜 거리에서 뒹구는

내 모국어 이름 ―춘희―

내 숲으로 가자[5]

두 해하고도 두 달
그리고 이틀이나 더
내 숲에 머물렀다. 그는

내 숲 오두막에는
달랑 의자 하나, 책상 하나
그는 그의 언어로 편지를 쓰고
나는 그의 언어로 편지를 쓴다.

느지막한 오후 산책로
종달새 지저귀는 소리
숲 가장자리 호수에서
들려오는 바람 소리에도
따사로운 그의 언어가
아름드리 물든다.

---

5   미국의 작가인 Henry David Thoreau(헨리 데이비드 쏘로우)의 Walden(월든) 호
수와 숲을 인유적으로 표현하면서 그의 생전에 2년 2개월 2일을 생활했던 월든과 모
국어(어머니) 숲을 대비적으로 보여주고자 함

2년 2개월 2일이 지나
그는 말없이 떠나고
내 숲에는 덩그마니
낡은 책상 하나, 의자 하나
한 때 그의 언어였던
내 숲은 시들어간다.

이제
종달새 지저귀는 길
호숫가 숲에서 울리는
바람소리에도
엄마의 속삭임 깃든
모국어가 숨쉬는
엄마의 땅 내 숲으로 가자.

흰색 욕망 전차[6]

이국의 언어로

가득한 욕망 전차

칸칸마다 열리는

유년의 향수

블랑슈의

미숙한 욕망을

스텔라의

사랑스런 이중성을

---

6   A Streetcar Named Desire(욕망이라는 이름의 전차). Tennessee Williams(테네시
윌리엄스)라는 작가의 작품 인유이며 이 작품에서는 제목을 포함하여 모든 이름에
상징적 비유가 사용되었는데 특히, 주인공, Blanche-blɑ∫ -불어식 / ~t∫ -영어식 발음.
블랑슈(쉬)라는 이름은 프랑스어(흰색+숲/순수함)에서 기원한다. 이 시에서 화자는
아이러니하게도 현실에서는 욕망 덩어리인 블랑슈가 흰색 가운 신사들과 함께 흰색
건물로 갈 운명에 처한 상황에서 듣게 되는 블랑슈의 유년의 모국어 환청을 표현하고
자 함

스탠리의

합리적 잔혹함을 실었다.

친절한 웃음으로

하얀색 가운을 입은 사람들

새하얀 건물을 향한 발길

어디선가 들려오는 유년의 소리

엄마의 언어가 나를 부른다.

블랑슈!

초췌한 시집

책상을 가득 채운
내 언어가 아닌 글자들
형형색색 형광빛 밑줄들

책상엔 아직까지 변변한
모국어 시집 한 권마저
보이지 않는다. 내일은 오려나

이 낯선 이국의 글자들은
어디에서 와서 어디로 가는가.
인도 유럽어족의 라틴어일까

몇 달 전 히로시마 감옥에서
초췌한 모습의 그를 만난 후
내 방랑은 자꾸만 깊어간다

엄마와 양귀비

그의 얼굴에서 나는 그의

국어 점수와 모국어 점수를

본 듯도 하다 − 81점/100점[7]

하늘처럼 바람처럼 흘러

우물을 떠나 야위어만 가는

히로시마 그에게로 가는 길

별빛에 낡아버린 초췌한 시집 하나

가슴에 들고서

---

7   고운기 저서 '나의 별에도 봄이 오면' p. 104 '국어 81, 조선어 100' 인용함. 시 전체
적으로 화자는 윤동주 시인을 그리워하며 인유적으로 표현함

소월 · 셰익스피어—목월 · 캠피온[8]

오늘은

소월 대신 셰익스피어를 만나고

내일은

목월 대신 캠피온을 읊조리겠지

동녘의 눈부신 태양은

로미오의 방랑을 부추기고

소네트 시어詩語는 그에게

영원한 생명을 불어넣는데

천사의 눈을 가진

그녀의 정원

탐스럽게 익어가는

체리들로 가득하고

---

8 모국어 연작시는 주로 '인유' 기법을 활용하였으며 모국어가 상징하는 의미는 '언어' 그 자체이기도 하지만 동시에 어머니를 상징한다. 또한, 이 시에서, 제목의 순서와는 달리 시의 2연은 셰익스피어, 3연 캠피온, 4연 김소월, 5연 박목월 순서의 인유로 서양과 동양의 정서를 보여주고자 시도했으며 6연에서야 모국어와 어머니를 그리워하는 화자의 결론에 도달한다.

엄마와 양귀비

그녀의 비밀스런
속삭임—생명으로 동튼다.

나를 떠나는 임
행여 다칠까 붙잡지 못하고
사뿐히 즈려 밟아
보내 드릴 진달래꽃
어디메 산천 천지에
생명으로 피었더냐.

길 가던 나그네
구름처럼 흘러
그리운 임에게로
별이 흐르고
술이 익어 가면
새 생명을 얻으려나.

햇살을 잉태하고
구름을 닮은 채
임에게로 가는 그리움
진달래꽃 나그네 숲으로
우리 그렇게 가자꾸나.

엄마와 양귀비

모국어 내언어 엄마 닮은 빛깔

모국어로 가는 길은
국어를 주섬주섬 챙겨보는 것
어찌한들 모국어와 국어가 다르랴

내게 온 글자들 섬김으로 다듬어
언어처럼 살아 숨 쉬게 하리라
어이한들 어여쁘지 않겠는가.

엄마의 사랑담아 탄생한 입술소리
마마마마마마마마마
닮아서 아름다운 청아함
은쟁반의 옥구슬이 아니어도

빛깔 좋은 하늘 소리가 아니어도
깔깔깔 웃음으로 정다운

모국어 내언어 엄마 닮은 빛깔

낯설게 하기

난 셰익스피어를 사랑한다[9].
그는 내게 우주를 주었고
시의 환희와 생명을 알게 했다
그는 시를 통해 다시 태어나
영원히 나와 함께 한다.

난 토마스 캠피온을 사랑한다.
그는 내게 라틴어와 음악을 주었다.
시에 불어 넣을 음악과 라틴어로
그의 시를 낯설게 보이도록 하여
오늘도 새롭게 읊조리게 한다.

난 이제 김소월을 사랑하려 한다.
그는 단호하지 않고 드러내지 않는다.
그의 시에는 아련함과 호소력이 있지만

---

9 사랑한다 : 이미 고인이 된 시인들을 내 곁에 살아 있는 사람처럼 느끼고자 하는
화자의 동사적 표현

엄마와 양귀비

애써 내 눈길을 붙잡으려 하지도 않는다.
오히려 조심스럽게 안녕을 고하려 한다.

그는 나를 더욱 낯설게 한다.

쉬운 언어

요즘 네가
자주 사용하는 말

대박!
노잼, 헐, 롤(LoL)
드립, 짱, 안물
짱나!

잔잔히
흐르는
집 앞 개울가
시냇물 소리

편리하고
쉬운 너의 언어들
흐르는 명상 속에
잠시 담가 보렴.

엄마와 양귀비

청아한

느린 물소리에

바쁘고 짧은

너의 언어가

숨고르기 하는 게

느껴지니

조금만 더 기다려봐

담백한 맑은 빛

모국어 맷돌로

빚어내는 소리

조금 길어서

숨쉬기가 힘들까

아니면 너무 짧아서

숨쉬기가 쉬워질까

별빛 자음과 모음

거친 야생의 자음과
병약한 모음들로
가득한 미완성
시어詩語 판도라 상자

길들여지지 않는
야생의 별무리
자음들은 푸른 빛
융단 위에

한 움큼의
쇠약한 모음들은
우유빛 융단 위에
흩뿌려지누나.

엄마와 양귀비

희미하던 은하수길
서서히 밝아오며
잃어버린 제 짝 찾아
영롱한 자음바라기

공명의 모음 짝을 찾아
푸른 빛 융단을 떠돌며
이리 저리 헤매는
거친 마파찰 자음들

음소별은 단어가 되어
북두칠성으로 빛나고
문장별은 단락이 되어
시리우스 홀로 빛나네.

대답 없는 손편지[10]

나를 빼고 그네들은 늘

대답 없는 손편지를 쓴다.

어릴 적 그 때는 손편지를

썼던 적이 있었을지도 모르겠다.

그네들은 오늘 아침 어김없이

대답 없는 손편지를 보냈단다.

그네들의 손글씨와 모국어

사랑은 표정부터 남다르다.

그 다름은, 이제 모국어 꽃내음

가득한 그린나래로 피어오른다.

---

10   손편지 쓰는 안산 여성문학회 문우님들의 아름다운 뒷모습을 보면서, 부끄럽다
며 손편지를 숨기는 소녀 같은 모습을 보면서 함께 하지 못하는 부끄러운 마음을 표
현한 시

6

Walking (영시)

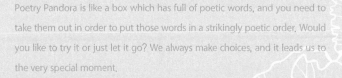

Poetry Pandora is like a box which has full of poetic words, and you need to take them out in order to put those words in a strikingly poetic order. Would you like to try it or just let it go? We always make choices, and it leads us to the very special moment.

The Glory of Walking[11]

―The Glorious moment I met *Walking* by *H.D.Thoreau*

You entered the dark forest that is my mind

At dusk, gleaming

You stepped into the gloomy jungle that is my heart

Shining, fending off shadows

You came into the grizzly cottage that is my soul

Glowing, rounding the curves

You soothed my torn, cracked heart

Glittering, dazzling as the play of my bracelet

You amble and saunter,

Bringing brilliance into my shed

11   미국 시애틀의 대표 시인인 Koon Woon 선생님의 권유로 2015년 Five Willows 에 발표한 영시(https://fivewillowspoetry.blogspot.kr/2015/09/two-poems-lisa-mn-yoon-les-south-korea.html)

You are freedom and the unfettered wildness

That at once is also civilization's peak.

Waterfalls[12]

In the waterfalls of my mind in July,

I see the silence of your scents.

I was passing by the road

while hearing your silence.

Someday, you will hear the scents in yourself

when the silence is awakening.

We own the silence of the scents

beyond the waterfalls.

Will we meet again in December?

---

12 Richard Howey 의 'How to write a rotten poem with almost no effort' 인용

엄마와 양귀비

Idol Star — smtm4[13]

—Following *We Real Cool* by *Gwendolyn Brooks*

Thou aspire inspire. Thee

Hip—hop K—Pop Thee

Respect suspect. Thou

Cynical critical Thee

Mask—on & off. Thou

Rapping choking Thee

Cracked Ordinary Thee

Oh Ordinary Off

---

13   The Glory of Walking과 더불어 Five Willows에 발표한 두 번째 영시 작품
(http://fivewillowsliterarysociety.blogspot.kr/2015/09/two-new-poems-by-lisa-mn-
yoon-les-south.html)

Epic Star — smtm5[14]

Who rocks and inspires all the fish
in the fishbowl is like Karttikeya. A boy
6 verses / 12 musical instruments
from his brother, Ganesha.

9,000 colorful, talented fish in the fishbowl
stopped breathing at the moment.
The silver fish steals the soul
of Red Super Jelly Fish.

Plays the piano like Mercury
Raps like the god of music and poetry, Bragi. He
The epic boy admires the backup rapper, his daddy
Being with daddy without 4 letters—CVCC. FOREVER.

---

14 smtm5- 모 케이블 채널에서 방송한 Show Me The Money Season 5(2016)를 일
컬음

엄마와 양귀비

Dedicating his stage to the Holy Spirit Trinitas, Ma Lord.

The epic star conquered the battle of the smtm5 with only 6/12 water.

Walking towards the Bethel of the smtm5,

he purified thy tongue with the water of scared verses.

Your Star — smtm6

Love in your pocket?

Battle in your heart?

Can't you see them?

I'm your star. (Yeah yeah yeah)

This love is for you. (babe)

That battle in my fishbowl

Not out there but in me—myself

I'm your star. (Ya ya ya ya)

I am the biggest

energy & synergy for myself

at this dynamic battle of the smtm6

Not the people but me—myself.

They never can be

my competitors

Cuz I'm your star. (Yayyyy)

엄마와 양귀비

About the Author and the Book:

The author of this book, Lisa Yoon LES (Yoon, Hae−ryoung) studied English Literature and received two MA de-grees, one in English Course & Materials Development and the other in TESOL (Teaching English to Speakers of Other Languages). She is currently pursuing Ed.D. in Educational Administration & Leadership at Walden University, and also a translator of English literature as well as English subtitles of COURSERA courses related to linguistics into the Korean lan-guage.

Lisa is the founder of the Lisa's English School (LES), a lan-guage institute in Ansan, Korea. She always emphasizes that her students of LES are the inspiration of the life in so many unexpected ways. Her scholarly activities relate to the analysis of Smartphone−Based Blended Learning (SBBL), teaching and learning of EFL students, and teacher's role as an effective leader in the EFL classroom. Lisa has been an active presenter at TESOL−related international conferences; KAMALL, GLoCALL, and TESOL Asia for the past five years.

Recently, Lisa has joined Ansan Women's Literary Society (AWLS) to explore poetry workshops. AWLS has contributed to the local community for years through visionary collabora-tion with several educational leaders from ERICA campus of

Hanyang University. While taking the poetry courses, Lisa thankfully had an opportunity to publish a poetry book.

This poetry book is composed of 6 chapters, 1 to 5 in Korean, and chapter 6 is written in English. Chapter 6 would be beneficial for those of you who are trying to learn the Korean language and its culture with poetry works. As Nepo, M. states, "Poetry is the unexpected utterance of the soul.", the poems in this book are more than just a language. Hopefully, each of you would enjoy the journey of the poetry while reading this book. The author of the book, Lisa Yoon LES (Yoon, Hae—ryoung) can be contacted at lisayoon7175@gmail.com.

August 20, 2016

Lisa Yoon LES (Yoon, Hae—ryoung)

감사의 말

　별빛이 유난히도 반짝이던 어느 여름날, 시집 표지 디자인을
한 김진선 작가와 함께 샤갈과 고흐를 이야기하였다. 이 세상에
나오는 모든 예술 작품엔 누군가의 도움이 있었고 그러한 협력
혹은 협업이 없이는 결코 좋은 작품이 나올 수 없다는 이야기를
한 듯도 하다. 그렇다. 우린 늘 누군가의 조력으로 이 자리에 서
있고 그 누군가와 함께 할 때 인생은 더욱 가치가 있으며 다채롭
고 흥미롭다.

　나의 첫 시집 '엄마와 양귀비' 또한 마찬가지이다. 많은 분들의
도움으로 출판할 용기를 낼 수 있었고 앞으로도 계속, 협력하며
함께 하는 작품 활동이 될 것이라 여겨진다. 무엇보다 늘 나의 작
품 활동을 믿어주고 지지해주는 사랑하는 가족, 남편과 두 아들,
시어머님 그리고 언니, 오빠, 동생들 모두에게 깊은 감사의 마음
을 전하며, 특히 부모님 연작시 작품의 모티브가 되어주신 나의
어머니, 전용회 여사님께는 그 동안 말로 전하지 못한 살갑지 못
한 딸의 사랑을 전하며 이 시집을 바치고자 한다.

　지식과 문학의 소양인 사고 영역의 확장은 독서와 경험 그리
고 편견 없이 받아들일 준비가 되어 있는 질 높은 대화를 통하여
이루어진다고 할 수 있을 것이다. 내 사고 영역의 확장은 늘 내게
예상치 못한 방법으로 영감을 주는 LES의 사랑하는 학생들 그
리고 Ann(김현정), Christine(정자은), Annie(정지원) 선생님들
과의 TESOL뿐만 아니라 문학, 경제, 철학 등 다양한 영역의 대
화를 통하여 가능하였으며, 오랫동안 몸담아 온 동수연 연구회

의 Fran, Dennis, Mark 선생님들의 개별 연구 영역인 코퍼스 연구(Dennis-허광), 게이미피케이션 교육 연구(Fran-최정혜), SLA(Mark-황동우), 그리고 내 연구 영역인 스마트폰을 활용한 혼합형 학습 연구(SBBL: Smartphone-Based Blended Learning)와 같은 여러 분야의 탐구, 집필 활동 관련 토론 등에서도 많은 영향을 받았다고 할 수 있을 것이다.

무엇보다 실제 시창작 활동에 도움 주신 안산여성문학회(안여문)와 한양대학교 에리카 캠퍼스 협력 프로그램의 시창작 교수이신 고운기 교수님, 신동옥 교수님, 그리고 함께 공부하며 도움주신 안여문의 여러 문우 선생님들께 먼저 깊은 감사를 드린다. 더불어, 더욱 열심히 시창작 활동을 하도록 트리거 역할을 해주신 미래시학의 안종환 대표님, 문장21의 최철훈 대표님, 영시 작품을 발표할 수 있도록 가장 먼저 손잡아 주신 미국 시애틀의 대표 시인이신 Koon Woon선생님과 나의 평생지기 벗인 천미라 시인, 에이츠 문학상에 빛나는 영광문화원 원장이신 정형택 시인께도 머리 숙여 고마움을 전하고자 한다. 마지막으로, 에리카 캠퍼스 (전) 학술정보관 관장으로 안여문의 문학 발전을 위하여 학술정보관의 시문학관을 제공해주시고, 통역 번역 기법을 영어교육에 활용할 수 있도록 다양한 연구 토대를 마련해주신 영어콘텐츠개발학과 스승님이시자 한국의 대표 통역사이신 이태형 교수님께도 특별한 감사를 전하고 싶다.

2016년 8월, 어느 무더운 여름날

윤혜령

윤혜령 작가님께서 이 시집의 제목이기도 한 '엄마와 양귀비' 그리고 '별빛 자음과 모음' 두 편의 시를 모티브로 표지 디자인을 고심하신다는 설명을 듣고 작업을 시작했다. 총 2주 정도 소요된 표지 디자인 작업은 힘들지만 흥미롭고 새로운 도전이었으며 영겁의 시간을 거슬러 내 소중한 영혼과 만나는 상상 속의 시간들이었다. 소중한 기회 주신 윤혜령 선생님께 깊이 감사드린다.

2016년 8월, 분당에서
김진선

저자 약력 **윤혜령(Lisa Yoon LES)**

- COURSERA-CALARTS: Sharpened Visions: A Poetry Workshop 수료
- 코세라(COURSERA) 강좌 자막 번역 및 영시 번역
- 제 20회 성호문화제 백일장 장려상-인연(원제-부모님)
- 계간 문예지 미래시학 및 문장21 등단(시 부문)
- 영어영문학 학사, 영어콘텐츠개발학 석사, TESOL(테솔)학 석사
- 현) 미국 Walden University: Educational Administration & Leadership - Ed.D.
  박사 과정
- 현) LES 어학원 운영